広い世界と2や8や7

永井祐

左右社

目次

1

雪の日々

よれよれにジャケットがなるジャケットでジャケットでしないことをするから

ライターをくるりと回す青いからそこでなにかが起こったような

もし子供がいたら我慢して雪遊びに付き合う自分になってるだろう

プライベートがなくなるくらい忙しく踏切で鳩サブレを食べた

日曜から土曜にわたる階段で僕は平たいアメーバになる

雪の日のわたしの椅子の本の山　大きな猫みたいに座ってる

大きな猫をどかすみたいに持ち上げて書籍の山を椅子からどかす

雪の日にカレー屋に行く雪の降る地域の人になってみたくて

君は君の僕には僕の考えのようなもの　チェックの服で寝る

君の好きな堺雅人が　電子レンジ開けてはしめる今日と毎日

スマホの中ちらかしているわたしでもお菓子は余るから配ります

オレンジ色に染まってる中央通り　市ヶ谷方面　酒屋を右に

エアコンが変な動きをする中で寒中見舞い２枚仕上げる

どちらでもいいことを一つに選ぶ　昨日のことを今日考える

一人カラオケ　わたしはなぜかしたくなく君はときどきやっていること

高校楽しくなかった人と高校すごく楽しかった人が１０年後エアホッケーをするかもしれない

寝てしまうならすぐに帰ればよかったな　飛行機と公園の一日

今日買ったインナー型のイヤホンをすっぽりとさし続きを歩く

百万円とかじゃないよと言ってからお金の話　君としたこと

雪の日に猫にさわった　雪の日の猫にさわった　そっと近づいて

ハリボー

ハリボーの袋がゴムでとめてある　そのまま椅子で君は寝ちゃった

座り方少しくずれて気持ち良くピンクのＤＳを見ているよ

髪の毛や瞳が黒い友達とブランケットにくるまって話す

二年間かけて一回お茶をするぐらい仲良くなれてよかった

スカイツリーと東京タワーをいっぺんに視界におさめて脳をなだめる

手を出して花を撫でてる男の子　あごの後ろをさわるみたいに

閉店したペットショップを見つめてる青年サラリーマン　まだ見てる

待てばくる電車を並んで待っている　かつおだしの匂いをかぎながら
話変えてんじゃねえよと携帯の向こうに思うとドアが開いた

今日の昼たまごサンドに入ってた殻を覚えているわたしたち
ＣＤを受け入れようとパソコンがかさかさ揺れている夏休み

鉛筆で写すならマグカップよりティーバッグなるべく重そうに描け

パソコンをしている僕の目の前で君は旅行の支度をしてる

隣のインターホン

日の当たるあんな大きな階段でお弁当4人くらいで食べたい

あらためてまじまじとながめてみれば人は誰でもドＭにみえる

先にはじめてて下さいはきっと冷たい言葉だな　遅刻しよう

１６５００と書いた紙きれをホームのゴミ箱に放りこむ

乗り換え駅　帰り道ではポスターが朝より生き生きして見えること

５０００円あっという間に交通費でなくなってＰＡＳＭＯが光ってる

椅子ふたつ並べた上に寝転がる　雨から５メートルも離れて

窓の近くにあるからきっと湿ってる白い花瓶と薄型テレビ

明日と昨日ぜんぜん違う毎日にとなりのインターホンきこえてる

スウェット上下４５００円セット　駅ビルの店で見かけたけれど

広いホームに三つあるベンチの一つ　ペットボトルを空っぽにする

春はとっくにどこかとおくに行っていてテレビとデッキリモコンちがう

コーデュロイ

君のそのちょっとむかつくもみあげが今日の寒さでなつかしくなる

来年の抱負を0時のカラオケで言い合うクリスマスイブがいい

ポテトチップのコンソメ味がぽっかりと頭に浮かんでいる夜《よる》歩《ある》き

メールには電話番号まであった　近くで落ちている水の粒

来年は3回告《こく》ると君は言うコーデュロイのきれいなシャツを着て

大きな人にわたすプレゼントのために文房具屋を歩き回った

向こうの方と書いてあるTシャツを着て人前に出て話してみたい

会話

白い大きな箱の中にいて僕達の話題は河村隆一になる

白い大きな箱の中にいる僕達に話す時間はけっこうあった

白い大きな箱の中にいた僕達はけっきょく妊娠して辞めちゃった

白い大きな箱の中で、私たちはパソコンを並べ、残務を片付けながら毎日たくさんの話をした。最近読んだ漫画、おすすめのテレビ番組、家族の悩み、恋人のこと、自分自身のこと。その時間が楽しかった。

するどく

仕事してするどくなった感覚をレールの線に合わせてのばす

2年前春にコンビニまで行った　だんだん思い出し寝てしまう

人差指で打つさびしさに耐えている　言わなきゃわからないだろうけど

二種類《ふたしゅるい》色があるのでお好みを的にさびしい・さみしい選ぶ

目の下を風がとおってくすぐったい　ゆっくり起きるゆっくりしゃべる

パリで自転車に乗っている自分のことが空にうつって四角で囲う

インフルエンザでわたしが転げ落ちたあと１週間がまだ回ってる

ボタン

ゆうがたの動物園で僕たちの話題は河村隆一になる

半年前雪が積もった　半年前人にもらったＵＳＢだ

冷房つけたいな冷房つけたい贅沢かもな冷房つけたい

公園のトイレに夜の皺が寄る　わたしが着てる薄過ぎるシャツ

二つボタンスーツのボタン二つとも今日二つ目が取れてしまった

金色に砂が光っているようなボタンをしまう夏の夕方

とめどなくどこまでも調子にのって人は電車にかけ込んで行く

火曜の次にくる水曜の中央で腕をぼこぼこ手すりにあてる

*

寝てるとき起きてる夢は見ないけど色々終わってから朝になる

ゴミ箱が家には二つ　細長いのと丸いのと　自分で買った

ホワイトチョコなんて好きなのは男性だけですよ　隣の席から言ってくる人

『鶴の恩返し』で鶴に共感するぼくは身体に良いやつTSUTAYAで探す

くらい部屋　白いスーツの人がいて　1本抜いて机に置いた

お客さんだけどお金ははらってない気分で秋風に当たってる

*

家の近所のビルの汚れた階段の汚れ方とかいいと思った

高校生たちがベンチに二人ずつ　緑の夜の商業施設

半分の充電の携帯電話　ふりかけかけてご飯を食べる

わたしが寝てる間にみんな何してる　地下鉄でお花見に出かけてる

2

かっこいいデ・ニーロ

道沿いの光がまぶしくコンビニの前でたばこを買おうとしてた

少なくてもいいという意味もできるだけ込めて好きなだけ食べてと言おう

袖口でスマホの画面ふいている　眠そうだけどいい顔してる

かずきからメールがやってくるような曇り空　鍋の水を煮立てる

その夜にあなたの手首についていたG-SHOCK的なもの　ずっと前

カラオケの8階だてのビルのした僕ら煙草を交換してる

デニーロをかっこいいと思ったことは、本屋のすみでメールを書いた

マスカットは秋の食べ物　秋になると色んなものの上にのるから

電話をかける

きみもいいやすくなるからぐちを言うなるべく面白くぐちを言う

冬の街あるいてゆけば増強された筋肉みたいなダウンジャケット

目をつむり自分が寝るのを待っている　猫はどこかへ歩いていった

酔っ払ってわたしも一度窓ガラスに強く頭をぶつけてみたい

真夜中はゆっくり歩く人たちの後ろから行く広い道の上

五月の夜にあいていたのはマックだけ　ポテトを食べながら仕事する

ショッピングモールの床に落ちていた羽を見つけて寄っていく犬

ディベートは弱いんですと言うことでわたしは何かアピールしてる

この道をいったりきたりするだけの人になりたい風がつめたい

メールしてメールしている君のこと夕方のなかに置きたいと思う

馬の背中が息をしている夜の道スポーツドリンク持って立ってた

自販機に体を押しつけている人　駅には色んな人がいるんだ

つながる夢

風の声なまあたたかい横浜のコーヒーを膝にこぼしたズボン

秋がきてそのまま秋は長引いて隣りの電車がきれいな夕べ

4分の1カットのピザになりたいと言ってたきみは花屋になった

帰ってから犬の散歩を1時間　毎日してる　実家の犬の
かわいい家を見ながら歩き川沿いでペットボトルのふたを開けよう

坂道の途中にタクシーがとまってる　横はすり抜けられそうだけど

わたしの傘には２６本ほねがある風が強くても大丈夫だよ

ＴＳＵＴＡＹＡまで往復の道　友達の顔と名前を入れ替えながら

灰色のタオルをかけた犬といる川はスーパームーンの話題

ぽんこつだけどだいじな友達だからなという気持ち　高い空に投げる

メールして誘い合わせて来年は秋の幽霊屋敷にいきたい

宇宙でもこわれないもの　枕もとにグレープジュースを置いて昼寝を

今日のこと

バイク雑誌の夏のツーリング特集の表紙をじっと見ている土曜

とおくまで歩いてとおくまでかえる　あした起きたらピザをたのもう

トイレの横で上着を脱いでいる人は日を浴びながらトイレの横で

ブルーレイディスクは取り出されないまま　月曜火曜水曜になる

そのときはドビュッシーとか聴きながら桜の中をうろうろしたい

老人になったら何をするんだろう　床に紙コップを置いてみる

ブックファーストのカバーみたいな色の字でおつかれさまと書いてある皮膚

コンビニのレジの中の人が感じてる夏をわたしも感じたいけど

階段の上でキャンディを振り合って照れながらお別れしているふたり

『日々蝶々』3巻までは読んでいる　13巻を本屋で見かける

君と僕が居酒屋にいて話してる羊を並べ替えたりしてる

いろいろな7首

公園へチーズバーガー持っていき暗くてみえないベンチにすわる

半月は爪の根元にあるのかな　夜道をワイシャツで歩いてく

鳩のようなきれいな顔があらわれてストレッチを一つおしえてくれる

しばらくは同じ方向を向いていて振りかえる知り合いだったのか
コンビニで夜食のためにあたたかいものとつめたいものを買います

57577にのったりはずれたりしながら言いたいことを言ってく

ひんやりとした地下室に前髪をきれいにそろえている男の子

時間

時間のほかに僕が気にしていたものはテレビの薄い角っこだった

寝て起きてお腹が減っていることがとてもうれしい　カレーパンの袋

自販機の下にある五月の空気　そこからつづく空気を踏んでる

すこしだけがんばって守るくらいの約束をしたい　はんこ付きボールペン

いつもより頭がかたい木曜日　Ｒ指定の映画を借りる

パリなんてベタだと思う　君がいて靴の色まで夕方になる

スクーターと車輪の小さな自転車がホテルの中庭に停めてある

体当たり猫がしている　猫が体当たりしている　光の会話

この電車混みたがりなんだとおもう　そうなのかなと乗っておもった

春のなかで君が泣いてる　階段はとてもみじかくすぐに終わった

守らなくていい約束　守れる約束　リスクのない約束はだめです

キャッチャー・イン・ザ・ライ的なことを僕はして帰りに買ってきた参鶏湯《サンゲタン》

昔のがお金使わなかったなと思っていると汗がでてくる

あさ

ドラッグストアで何かの旗がなびいてる　僕は昔を思い出してる

テナントだけがぐんぐん替わる駅ビルの長いエスカレーターを下りていく

公園の入り口にある桜の木　黒いダウンの子供も見てた

子供のころよく遊んだ広場には今はすっかりビルが建って…いない。広場はそのままで別の子供が遊んでいる。

わたしは喪失を心に折り畳んで大人になったという実感がない。マイナーチェンジを繰り返しつついつか一緒に塵になるのだろう。

冬

電車に乗って映画見に行く　電話する　おもちを食べたお皿をあらう

深夜の喫煙室でやることを終え　手を使わずにスイッチを消す

スターバックスコーヒーのふたに手を乗せる　冬の中には台形がある

3

それぞれの２０首

ショッピングモールは夕方になっていて焼いた魚とご飯を食べる

喫煙は深呼吸であり僕向けのドラッグ　休みの日に外で吸う

優先席に座ったことの言い訳がゆっくり届く　話してるとき

月曜の1時桜がさいている　ビニール袋の持ち手のところ

大事そうにアイスをつつく　一晩で字幕はたくさん流れていった

県境またいで仕事していると背の低い駅・背の高い駅

ドアノブを見上げて眠っていたころにありがとう、と君に思った

図書館の地下一階に降りていきそこから人にメールを送る

五月になって昼には二杯水を飲む　夜になると固いTシャツを着る

友達の生まれた日づけを祝おうとわたしはもやしをたくさん食べる

蚊帳のなかで寝苦しそうなお坊さん　窓よごれてる　ベランダきれい

アイスサンドというアイデアの出所を不思議に思う人思わない人

電車の中で眠るといつも夢をみる　二分くらいの充実した夢

8月の午後5時の青さの中でclosedの看板さがってる
去り方が家族が入院してる人みたいだなって思った昨日

この曲を聴きながらときどき頭をかいたりしながら道路沿いに歩いてみてほしい

どんなことでも一通りできるようになってから貯金をはじめたい

コーヒーの匂いがしてるゴミ箱におりたたんで領収書を捨てる

馬に乗るようなかたちで寝ているね　こまかい草を思い浮かべる

坂に置かれたオレンジのピンポン玉として残りの八月をくだってく

12首のリズム

深夜になってから行くとインド料理屋の窓は開いてて匂いがしてる

○

僕たちはタダで京都に行くべきで電光掲示板を見上げる

ゆううつな雲の下には鴨川が流れていてきれいな向こう岸

○

友人のあだ名はリズム　友人の名前はまさし　まさしのリズム

たけのこの里が楽しいときがきて名古屋の雲を思い出してる

きっとこのまま年を越すけどエアコンの風に吹かれて歯をみがいてる

○

秋を受けいれる努力をしていると　ノートパソコンのふたの上のはがき

七分袖がちょうどいい日で公園も西友もスルーして歩いてく

黄色くて白くてかわいい花　ｉＰｈｏｎｅの画面でちょっと違ってる花

高校生レベルのメンズファッションの語彙でたのしく買い物をする

○

リモコンで停止してからエアコンの白いボディが浮き上がってくる

チョコレートの緑の箱が感じよくこっちへおいでと手招いてくる

隣り駅のヤマダ電機

カーディガンを毛布のように使ったりして映画館の椅子の上にいた

アイス買おうと言ってコンビニに行ったけど4人中2人は買ってない

あのときああでよかったなっていうような今だといいなと思うと思う

小学生のうわさ話の大声をはねかえしてる冬のコンビニ

ＷｉｋｉｐｅｄｉａのＵＲＬをときどき　わたしはコピーして貼りつける

あたたかくもやわらかくもなく緑色の縁のメガネのようにやりたい

シャツにワインをこぼした夏のずっとあと　シャツにワインをこぼしたくなる

タイミング失い続けて開けてないクリスマスプレゼントが光る

フードコートでうどんを食べた僕たちは明るい光の花になりたい

エプロンのポケットからタバスコを出してチェックのテーブルクロスに置いた

「ヤギ　ばか」で検索すると崖にいるヤギの画像がたくさん出てくる

段落の途中でやめる　寒い日に電池を買ってあたたかくなる

酔っ払って木曜日から倒れてる　金曜日も倒れてる　がんばる

ダンボールがきれいな冬の一日に猫が出てくるときの音楽

今週会った人たちはみんないい人で土曜の夜は紅茶を飲んだ

7首ある

わたしは固いＴシャツを着てｉＰｈｏｎｅでグーグルマップスを立ち上げる

フルーツとプレーンがあるカロリーメイトブロック　音のしない食べもの

とおくから獅子舞を見る　駅ビルの階段の上でゆっくりうごく

会った人が死んでしまうということをなんか思ったコンビニのレジ

ホログラムの猫が見ている夕方の道に落ちてるコロコロコミック

ときめきがないなら映画館までは行けない　窓際で鳩の声

引き算のうちはよくてもかけ算とわり算でまずしくなっていく

そのつど

二月は逆に長かったっていう人にコンビニのドアを開けてあげます

大学生ノリは世界に存在し僕らはそれを指摘していく

仕事するごはんを食べるＬＩＮＥする　百均のレジに列ができてる

春になったところで一人が風邪をひく　もう一人ねころがって本読む

カーテンを半分開けた部屋のなかビニールの音ときどきしてる

北区

赤羽駅から商店街を抜けていき子育てをする人たちに会う

あのドラマに影響を受けてやって来たサブカルクソ野郎だと思われたくない

高架下　むこうの明るい道にいてビニール袋ふっている人

壁のように堤防があって荒川は見えないけれど壁をさわった

王子駅のホームから見る　手をあげてるみたいな「北区役所」という文字

飛鳥山博物館で見ていると北区の歴史は縄文時代から

土偶のときはあんなにデフォルメしてたのに普通にリアリズムのペニス像

上中里駅前のコインロッカーで漫画のように待ち合わせする

ふるい名家の庭園でお茶を飲んでいる僕も含めてひまな人たち

北区には史跡も多い　別にちっとも地味な区じゃない　ソフトクリーム

フィクションドキュメンタリー「荒川氾濫」をみる　トーストを食べる　また電車にのる

西口ヨーカドーの脇からのぼっていき赤羽台のピカピカの団地

東十条から王子へと　坂の多い住宅街は秋で光ってる

すでに増水しているような荒川を見渡してみる青い水門

これはすべて２０１７年秋のこと　電車で四〇分北へ行く

4

１２首もある

七月の夜は暑くてほっとする　むかしの携帯を抱いて寝る

カップルがメニューボードのまえにいてほんのりと明るい道だった

花火した話を人にしているとときどき誰とと聞く人がいる

夏の粒子がお店のなかに浮いていてきみは接続詞もてきとうで

お盆明け風が強い日月曜日　セロテープを一つ買って帰った

セロテープカッター付きのやつを買う　生きてることで盛り上がりたい

窓際に3人寄ってそとの雨は浮世絵みたいだねと言い合った

たばこ吸おうと思って寄り道したけれど渋谷の底に着くと落ちつく

電車の中がなんだか変でうずくまった話をしっかりと受けとめる

一夏の大きなクモもゴキブリも２６時を過ぎて出会った

少量のガパオライスをたいらげて無印良品へいくあいだ

両手でスマホを操作している人がいる電車は半分ぐらい混んでる

ほうじ茶

携帯のライトをつけるダンボールの角があらわれ廊下をすすむ

二百年生きるペースで生きていく　玄関に階段がある家

コンビニを出ると広がっている空　ポッキーよりもフランみたいな

おやすみと言ってからホームにのぼり自販機でほうじ茶を選んだ

暗くしてパソコン画面を特別な四角だと思って映画みる

燃えている柴を見たのはモーセがなりゆきで義実家の仕事を手伝っていたとき

午前中に雨　３０分ＬＩＮＥする　それでは令和でもよろしくね

玉

僕のかごにはほとんど玉は入らない　競争なわけではないとして

雲の中の月の写真をライブフォトでぴこんとやって公園をとおる

数少ない友だちという言い方がよかったし言ったのもよかった

その夜のラゾーナの三階からのながめはさびしかったから覚える

山手線でマスターキートン読んでいる乗っている座っている端《はし》の席

翅があるのにはやく走っている虫はうけると思う　九月は暑い

サーティーワンや横浜のこと

サーティーワンは２１時で閉まってる　まだ動いてるエスカレーター

カートリッジを替えたみたいに金髪がきれいになっている朝の人

ワッフルを一つだけ袋に入れてけっこう長く垂らして歩く

言わないと伝わらないということが不思議なような天井がつづく

これから深夜バスに4時間乗る人と並んで見てる外のひろがり

0時に降っている雪　iPhoneは片手でちょっと重いのだった

最寄りの駅にも出かけた駅にもヨーカドーにも喫煙所にもねこじゃらし

横浜はエレベーターでのぼっていくあいだも秋でたばこ吸いたい

前を向いてしゃべってるから聞こえない　聞こえませんと笑ってくれる

ファミレスが得意なのはハンバーグとパフェ　わたしにも聞こえる虫の声

意外とＤＭ使うんですねと言ってからあなたからＤＭが来なくなる

わたしだけフリースを着る冬がきてカロリーメイトがいきいきしてる

穴

仕事にいく途中に柿の木があって実がなっているいつ見たときも

横浜のホテルで起きる　コードレスイヤフォンの使い心地の話

スピーチはけっこう笑いが取りやすいみんな集中してくれるから

アンチ・コート・カーディガン十二単スタイル　きっと3月まで寒いから

あなたといるとわたしは面白い人にいつもなれるのはどうしてだろう

朝がだんだん遠くのほうへ引いていききれいなダンボールが残ります

○

なんとなく気にしていると１２月になっていて広い吹き抜けの下

あらゆることがノーオフェンスでやってくる　かがむと猫が近づいてくる

大晦日はまだ半日も残っていて英語の辞書をながめてすごす

階段をゆっくりおりる　ライターで手をあたためるかっこいい人

年が明ける　配信サービスのせいでむしろあかるいＴＳＵＴＡＹＡへ向かう

持ち歩いてる白い本　法律や宗教などに興味があるし

1月が何回も来てほこりのようにかさなる友達のエピソード

今年だな去年じゃなくて　エレベーター気づいたときに十階に着く

寝るまえに読むんですかと聞いてみてご飯のあとと返事をもらう

冬のなか立体的に見えてくるきみとビスケットを選びたい

お賽銭箱に十円を入れてみて空気をつたわっていくいい音

ゲシュタルト崩壊はよくわからない穴が最初から空いているから

南武線の中で携帯の電源を切ってふんわり呼吸している

とうめいな袋の中でポッキーがきれいに横に並んでいるよ

○

あちこちにＴＯＨＯシネマズがあって日比谷公園のとなりにもある

遠くにあるたのしいことの気配だけ押し寄せてきてねむれない夜

ポテトチップスつまんで持って帰るときピアノの音がきこえてきてる

ソーサーのないコーヒーカップが二つだけ置かれてる窓際のテーブル

音のしない雨がつつんでいるようなボックス席を二人で使う

流れ込むように電車にのるときに入口付近にたまりたくなる

映画のあとのチュリトスかチュロスを買ってわたる短い横断歩道

永井 祐（ながい・ゆう）

１９８１年生まれ。
２０００年ごろに短歌をはじめる。
学生のときは早稲田短歌会に所属。
２００１年、北溟短歌賞次席。
２００４年、歌葉新人賞最終候補。
２０１２年、歌集『日本の中でたのしく暮らす』（BookPark）。
２０１９年から笹井宏之賞選考委員。
２０２０年、歌集『日本の中でたのしく暮らす』短歌研究社より再刊。
ブログ「短歌のピーナツ」。
ガルマン歌会などで活動。

広い世界と2や8や7

二〇二〇年一二月八日　第一刷発行

著者　永井 祐
編集　筒井菜央
ブックデザイン　川添英昭
発行者　小柳 学
発行所　株式会社左右社
東京都渋谷区渋谷二-七-六-五〇二
TEL　〇三-三四八六-六五八三
FAX　〇三-三四八六-六五八四
http://www.sayusha.com
印刷所　創栄図書印刷株式会社

 ISBN978-4-86528-005-0